صَديقي الصَّيّاد

بقلم: محمود جعفر وجاين ويتيك

بريشة: مونا ميليه مينيو

Collins

سَيُصْبِحُ «صالِح» صَيّادًا عَظيمًا حينَ يَكبُرُ.
سَيَشْتَري مَركَبًا كبيرًا.

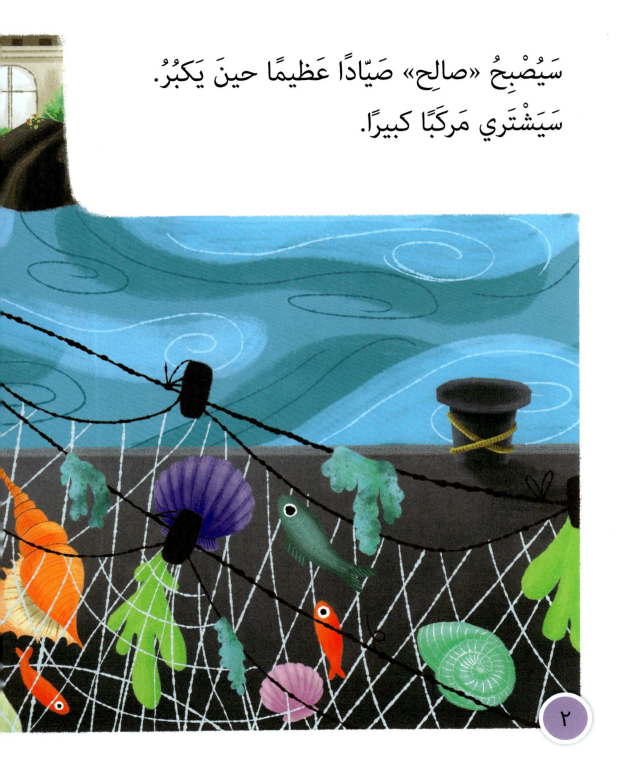

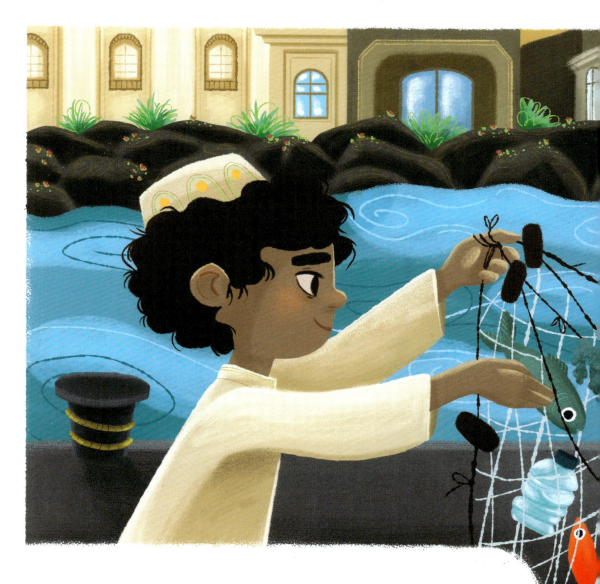

أمّا الآن، فَمُتْعَتُهُ هي تَنْظيفُ
الشِّباكِ في مَركَبِ عَمِّهِ.

يَجِدُ «صالِح» أشياءَ غَريبةً عالِقةً في الشِّباكِ:
ألْواحًا خَشَبِيّةً، زُجاجاتٍ منَ البلاستيك،
خُيوطًا منَ النّايلون، عُلَبَ صَلْصَةٍ فارِغةً.

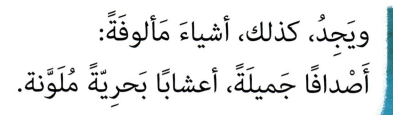

ويَجِدُ، كذلك، أشياءَ مَألوفَةً:
أَصْدافًا جَميلَةً، أعشابًا بَحرِيّةً مُلَوَّنة.

يُحِبُّ «صالح» أن يَجلِسَ على
شاطِئِ البَحرِ، وأن يُنَظِّفَ الشِّباكَ،
ويُفَكِّرَ في المَركَبِ الكَبير.

سَمِعَ «صالِح» صَوتًا يُنادي: "إنسان!"
نَظَرَ «صالِح»، فرَأَى رَأسَ أُخْطُبوطٍ
بينَ الصُّخورِ، وذِراعًا تَمْتَدُّ نَحوَهُ.

- أنتُم تَتَبادَلونَ التَّحِيّةَ هَكذا
يا إنسان، ألَيْسَ كذلك؟

- نعم، نَتَصافَحُ هَكذا. هذه أوَّلُ مَرّةٍ أُصافِحُ فيها أُخْطُبوطًا. أنا اسمي صالِح.

- أهلًا يا إنْسانًا اسمُهُ «صالِح». اِسْمَحْ لي أنْ أُساعِدَكَ قليلًا في تَنْظيفِ هذه الشِّباك.

فَجأةً، ظَهَرَتْ سَبعُ أَذْرُعٍ إضافِيّةٍ من تحتِ الماء.
بعدَ دَقيقةٍ، أَصْبَحَتِ الشِّباكُ نَظيفةً ومُرَتَّبَةً تَمامًا.

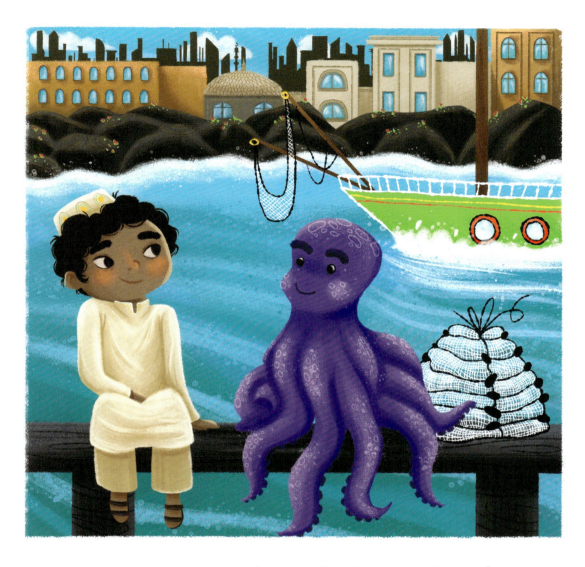

– هل تُساعِدُني يا إنْسانًا اسمُهُ «صالِح»؟
أُريدُ أن أرى عالَمَك.

- أوّلًا، الثّوْب... ذِراعٌ من هنا.
نعم، هَكذا.

- ذِراعٌ أُخْرى من هنا. غُطْرَة...
عِقال... نَظّارَةُ شَمس... عَظيم!

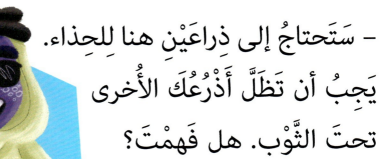

- سَتَحتاجُ إلى ذِراعَيْنِ هنا لِلحِذاء.
يَجِبُ أن تَظَلَّ أَذْرُعُكَ الأُخرى
تحتَ الثَّوْب. هل فَهِمْتَ؟

- نعم، فَهِمْتُ.
- هيّا بِنا!

- هل هذا حوتٌ كبيرٌ يا إنْسانًا اسمُهُ «صالِح»؟

- لا. هذا لَيْسَ حوتًا. هذا مَبْنًى اسمُهُ «بُرجُ خَليفة».

- ما مَعنَى كَلِمةِ «مَبْنًى»؟

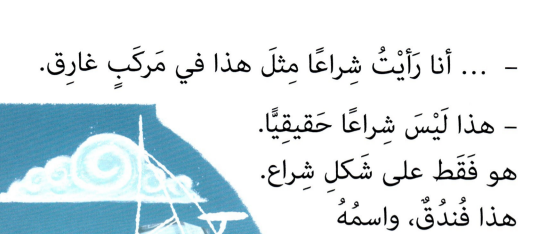

- ... أنا رَأيْتُ شِراعًا مِثلَ هذا في مَركَبٍ غارِق.

- هذا لَيْسَ شِراعًا حَقيقِيًّا.
هو فَقَط على شَكلِ شِراع.
هذا فُندُقٌ، واسمُهُ
«بُرجُ العَرَب».

- هل كلُّ شيءٍ في
عالَمِكَ اسمُهُ «بُرج»؟

- لا.

- كَمْ هو مُمْتِعٌ هذا القِطارُ يا إنْسانًا اسمُهُ «صالِح».
إنَّهُ يُشْبِهُ سَمَكَةَ الثُّعْبان. ألَيْسَ كذلك؟

- المَحَطَّةُ المُقْبِلَةُ هي مَحَطَّتُنا.
اِسْتَعِدَّ لِلنُّزول.

- لا أُريدُ النُّزول. هل نَبْقى قليلًا؟

- ... وكَمْ إنْسانًا يَحْرُسُ المَرْمى في هذه اللُّعْبةِ الّتي تلعَبُها في المَدرَسة؟

- واحد. اِسمُهُ حارِسُ المَرْمى.

- واحد؟ أيْ ذِراعانِ فَقَط؟ أنا أَسْتَطيعُ أن أكونَ أفضَلَ حارِسِ مَرْمًى في مَدرَسَتِكَ، ورُبَّما في كلِّ هذه المدينةِ الرِّياضِيّة!

– ما أجمَلَ هذا المَكانَ يا إنْسانًا اسمُهُ «صالِح»!

– نعم، هذه حَديقةُ «زَعْبيل». أنا أُحِبُّها.
أُحِبُّ النَّباتاتِ والزُّهورَ، عُطورَها وجَمالَها
وألوانَها. أنا أُحِبُّ الألوان. وأنتَ؟
هل تُحِبُّ الأَلْوانَ يا أُخْطُبوط؟

- نعم، أُحِبُّها. ولكن، أينَ الزُّجاجاتُ، والخُيوطُ، وعُلَبُ الصَّلْصَةِ الفارِغة؟

- كَمْ أنا آسِفٌ يا صَديقي. فهناك ناسٌ يُلْقون بِالنُّفاياتِ في البَحر؛ إنَّهُم لا يُفَكِّرونَ.

– حانَ وَقتُ الوَداعِ يا صَديقي. أتَمَنّى أن تَكونَ
قدْ أَمْضَيْتَ يَومًا مُمْتِعًا في عالَمِنا.

– نعم، تَمَتَّعْتُ بِيَومي مَعَكَ يا إنْسانًا اسمُهُ «صالِح»!

- آسِفٌ لأنَّنا لَمْ نَجِدِ «الآيس كريم» بِطَعمِ السَّمَكِ الّذي طَلَبْتَهُ يا أُخْطُبوط.

- لا بَأس. أَعْجَبَني «الآيس كريم» المرانجو والفرانجا!

- المانْجو والفَراوْلَة.

- نعم! نعم! المانْجو والفَراوْلَة.

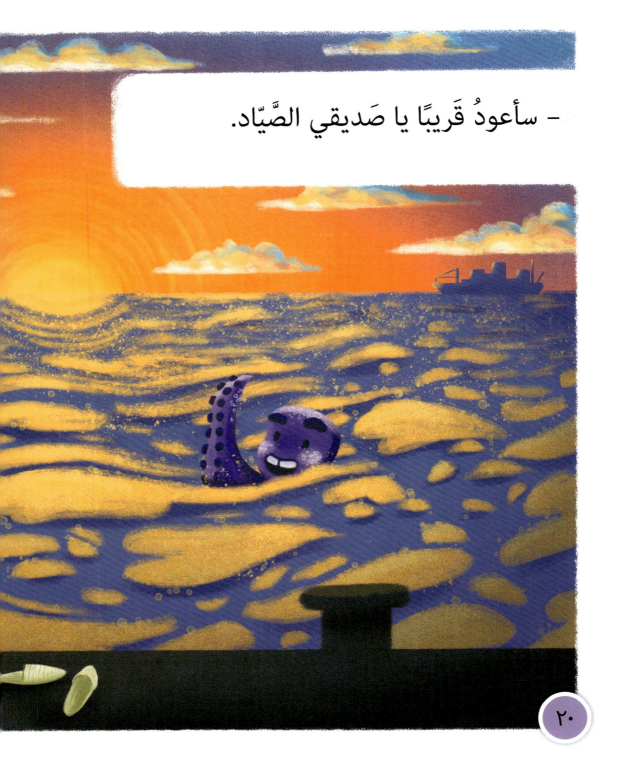

- سأعودُ قَريبًا يا صَديقي الصَّيّاد.

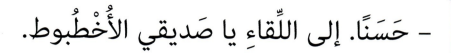

- حَسَنًا. إلى اللِّقاءِ يا صَديقي الأُخْطُبوط.

خَريطةُ القِصَّة

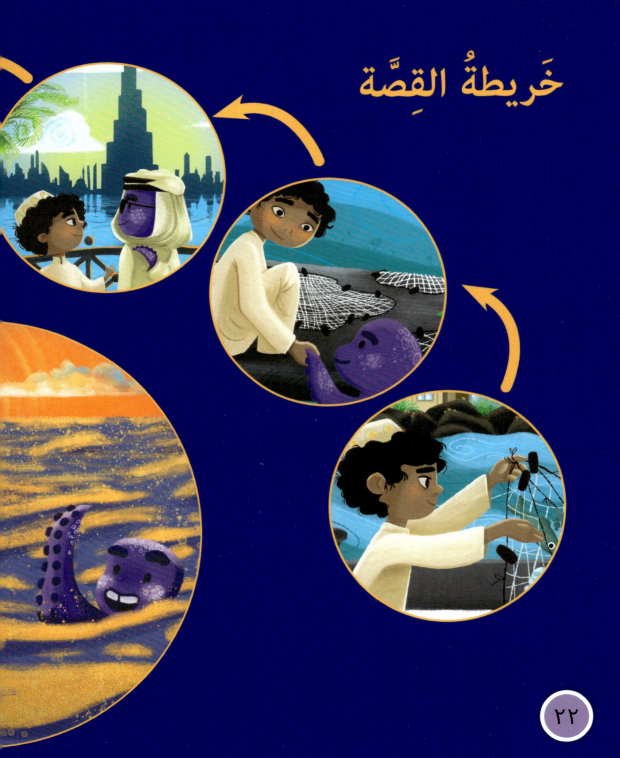

أفكار واقتراحات

الأهداف:

- متابعة أحداث متسلسلة لشخصيّات خياليّة.
- تأكيد مفاهيم قبول الآخر، والترحيب بالضيف، والافتخار بالبيئة والوطن.
- قراءة المزيد من الكلمات الشائعة البسيطة بدون تشكيل.

روابط مع الموادّ التعليميّة ذات الصلة:

- التعرّف على قصّة بسيطة تدور أحداثها وسط بعض معالم دبيّ.
- التعرّف على أنواع مختلفة من الكائنات البحريّة.
- إدراك أهمّيّة الحفاظ على نظافة البيئة والتخلّص من النفايات بمسؤوليّة.

مفردات شائعة في العربيّة: كانَ، قالَ، نَظَرَ، سَمِعَ، أين، اسم، حديقة، مركب، عالَم

مفردات جديرة بالانتباه: إنسان، أخطبوط، مبنى، برج، شراع، شِباك، مدينة رياضيّة

عدد الكلمات: ٥٠٠

الأدوات: لوح أبيض، ورق، أقلام رسم وتلوين

قبل القراءة:

- أوّلًا، هيّا بنا ننظر إلى الغلاف الخارجيّ للكتاب. ماذا ترون؟ صفوا الصورة.
- هل تعتقدون أنّ الغلام المرسوم على الغلاف يعمل كصيّاد؟ سنعرف بعد قليل!
- ماذا نعرف عن حياة صيّاد السمك؟ هل هي مهنة خطرة؟ شاقّة؟ هل فيها مفاجآت أحيانًا؟

أثناء القراءة:

- ما هو الحيوان الّذي خرج من البحر ليصافح صالح ص ٦ و ٧؟